JN025583

歌集

ジョットの真青

Tokutaka Hiroko

徳高博子

ふらんす堂

ジョットの真青＊目次

歌集

ジョットの真青

I

春の日は祖母の優しさ　野に咲ける花の名前を教へたまひぬ

夏の日は母の烈しさ　総身を子に与へつつ燃え尽きゆきぬ

秋の日は父の残光　黄金なす枯れ葉　燦燦(さんさん)　惨惨(さんさん)　潸潸(さんさん)

冬の日は祖父の尊さ　此の世にて会へざりしこと如何ほどのこと

両耳を圧するごとき蟬のこゑ欅は空の底ひを濯ぐ

緑蔭に隠れゐるものわれを呼ぶ真夏の森の闇は誘くも

八月の森に巨（おほ）いなる風立ちぬ軍国少年なりし亡父よ

また視ゆる赤きてのひら挙手の礼あの人たちは何をしたのか

若き兵士に命令をせし上官のそのまた上官は存へしか

熱帯ぶる乾ける地(つち)に散乱す　烏の黒羽　土鳩の和毛

烏語が宙(そら)を飛び交ふただならぬ気配にひらく黒き蝙蝠傘(かうもり)

前を行く男の頭は狙はれて低空飛行の一羽が襲ふ

自裁もて贖へる罪あらざらむ然れど念ふべし苦しき残生

ゆふまぐれどうせみなしぬ湯上りに足のおよびの爪を抓(つ)みつつ

夏設(ま)けてしき鳴きしのち地にかへる　蟬の抜け殻　蟬の亡き骸

瀝青の路上の蟬は仰向けに脚を動かす死ぬまでの須臾

鏡文字書きゆくときのなつかしさ水琴窟の水の音して

ふたたびは会ふことのなき人人と心中に遇ふ幾たびも会ふ

けふのみづ昏(くら)きみどりにしづもれる今なら越えられさう　此の柵

目守りゐしともし火消えて身めぐりはほの温かき明るさに在り

真珠いろのパシュミナ羽織り街角のウィンドウに会ふ新しき季

秋空の裏差し覗く気配もていつより君は老いの瞳（め）を見す

公園の池の畔の落羽松みどりおとろへ紅葉づる梢

喉元までこみあげてくるさみしさをなだめむとしてふふむ肉片

血のえにし少しづつ減る身のめぐり今もどこかで誰かが亡ぶ

アレクサンドル三世橋に佇(た)ちて視きLes(レ) Invalides(ザンヴァリッド)の勝者はた死者

尖塔のこんじきすでに剝がれたり曇天を刺す黒き切先

聖五月　銀杏の幹に見出しぬルルドのマリア像の似姿

「ほんたうに出会つた者に別れはこない」俊太郎の詩わが裡に生く

美しき音楽を聴くやうに聞く幼なじみの受洗の決意

「アヴェ・マリアの祈り」の詞(ことば)おのづから口より出づる呼気に添ひたり

三人(みたり)してルルドの水を嚥下せり信仰に入る友を寿ぎ

御自愛をと結びし文を投函す愛を乞ひたき遠くの人へ

白樺のこずゑを風が煌めかせ秋のソナタを奏でてゆけり

定宿の部屋に旅装を解きながら不意に掠める哀しみのこころ

暁闇の窓外見遣り起床するミサに与るためによそほふ

雨に濡れ光る舗装路あゆみゆく教会への道寒き夜明けを

内壁も白き聖堂正面のステンドグラスに主は在(ましま)せり

イエス像母の優しき左手と父の大きな右手を持てり

天涯に流星ながるる人気なき街をゆきつつメメント今宵を

長崎は雨ふさふ街坂道の敷石みづに濡れて息づく

神の意を問ひつつ来たり大浦の天主堂まであと数十段

東洋の奇跡となりし信徒発見〈天主堂〉の文字かがやきて在り

サンタ・マリアの御像に寄れば幼子のイエスは両手を掲げて招く

信仰と希望と愛のカマルグの十字架(クロワ)を友の受洗祝ひに

カマルグは名馬の産地馬を描く画家の友にはふさはしからむ

しろがねの霧の向かふの青を乞ふ周作の海を神は鎖せり

『沈黙』の海に来たりて沈黙の尊さを知る賤の女われは

コスモスはみな海に向き風に揺るとことはに揺る天を仰ぎて

背の低き野の花として咲くことの幸ひありて香る海風

暴風に捥ぎ取られたる枝あれば全ての枝が切り落とされつ

煌煌と夜陰に照らし出ださるる枝なき樹骸憤怒のオブジェ

廃棄するために切断されし枝無造作に積まれ切り口蒼し

粉粉に潰れたる実の数知れず土は全てを呑みてかぐろし

白鳥の見えざる足掻き想へとぞ病の友に励まされをり

薄ら日の欅木立をもとほれば想ひ出びとに逢へる心地す

冬の日の恵みのひとつテラスよりくつきり見ゆる雪白（せっぱく）の富士

肌寒き日日に桜はゆつくりとつぼみをひらき、咲(ひら)きつづける

春風のやうにおとづれ青年はわがひとり子と添ひたしと告ぐ

マカロンもメロンも宜しマリアージュフレールのアールグレー薫り

良き人とめぐり逢ひえし子の笑顔うつくしとおもふ弥生尽日

世の中が令和令和と噪ぐ日にあらたな時代わが家に来たり

源流の水飲むカラス番(つがひ)らし朝日に光るみづもつばさも

いつしかにうすくれなゐの花をへて花水木の葉みどり増しゆく

子の嫁ぐ日までの時間いとほしむ　いつもの夕食　いつもの会話

あたらしき娘の氏名を風に乗す五月の空は朗らかな青

なかなかに宜しき響きその名もて仲睦まじく楽しき家庭を

ふたりして見つけし住まひ羨まし自由が丘まで歩いていける

母として為すべきことの何もなく加賀友禅の黒留袖(くろとめ)　儚(はかな)

タンザニアの夜空のしづく汝が指にタンザナイトの青よ輝け

令和元年ひとり娘が嫁ぎたり　JUNE BRIDE　じゅうんぶらいど

三人の家族を卒(を)へて子の部屋にひとりたたずむ背(せな)に寄りゆく

日の当たる角度によりて見ゆる糸つながつてゐないはずの人との

発つまへに大空見あげ首かしぐ小さき鳥は何をためらふ

みなそこの汚泥を刺激せぬやうにすふひすふひと游ぎゆくべし

なにがなしさみしき背（そびら）いづこにか置き去りにせし一つの翼

ふれてはならぬおよびにふれし彼の日よりわが野に遊ぶちひさきけもの

十三の乾びたる骸（から）掃きあつむ瀝青にみづを欲りし蚯蚓の

直ぐ立てるひまはり天に首曝す裡なる滅びすすみゆくまま

ゆふぐれの欅木立にたたずみて仄白き蛇すぎゆくを見つ

水面をしづかにすすむ蛇の先うまれて間なき鳰の雛たち

梅雨明けの緑眩しき森を行くフィトンチッドの霊気を浴びて

無色とも多色とも見ゆ水浴みてアクアマリンのやうに少女は

真夜もなほ鳴きつづけゐる蟬たちのいづれか明日の光を浴びむ

まだ知らぬ花を見つけむ迷ひ子になりたき夕べ月かげすずし

令和二年数へ歳にて古希となる身をかへりみて髪染めやめつ

ずいぶんと白くなつたね　白髪の夫に言はれほほゑみ合ひぬ

人すべて他者の命に拠りて生くビーフステーキレアこそ旨し

遥かなるバック通りの剝製店若き日の吾が今の吾を招ぶ

一九八三年パリ左岸高橋たか子も暮らしてゐしか

通る度引き寄せられしショーウィンドウ豹も狐も死後を生きゐて

ライオンの玻璃の瞳に映れるは人の姿の己と気づく

彼は誰の剝製店の飾り窓ほそきまなこのヒト科ヒト属

頭陀袋を首から提げて炎天下うつむきあるく人なる吾は

モノトーンの洋服多きクローゼット弥撒が暮らしの中心となる

「イエスさまはすべてをご覧になられてゐる」口癖のやうにいふ老婦人

祈りつつ聖布にアイロン当ててゐる香部屋（かうべや）に射す午後の日あはく

潜心の時めぐりきて聴こえくる《神の計らひ》わが界に充つ

焦がるるは　玄冬のパリ　はるかなる聖地巡礼　ジョットの真青

聖水を欲ること勿れいづこにかオアシス在らむ此の砂漠にも

Ⅱ

ミサの朝聖堂前に老神父オルガニストの急逝を告ぐ

満場の拍手を浴びる師の笑顔仰ぎてをりし去年（こぞ）の錦秋

アシストを務めし吾を労ひて自作曲の譜たまはりしこと

「先生、ありがたうございました」白薔薇を御顔の際に添へて申しつ

愛弟子の乙女はこらへかねて泣く　シスターの胸に顔を埋めて

告別の葬送曲は師の愛でし《イエスよ、我らここに集ひて》

祝されて新星ひとつ輝くを空の果てまでさみしき聖夜

夜半に弾く《パッサカリア》の楽の音に終となりにしレッスン偲ぶ

満作を根刮ぎ刈りてながめをり明るき庭に鳥のさへづり

万両より千両が良し何れとも光は然程欲しがらぬらし

日の光あふるる園生あふぎみる冬のキリストいろの天空

聖水が消毒液に変へられて十字を切らず聖堂に入る

間隔を保ち会釈をして別る大きマスクに心を隠し

死者乗する舟は陸より離されて燃え尽くすべく火矢放たれつ

アーサー王死して舟ごと燃やさるる映画のシーン美しき空

誘惑は己が心の反映なり菊地司教は動画にて説く

ミサの動画見つつ霊的拝領をたまはりて出づ静かな街へ

平安は空をゆく雲　良きことの想ひ出のせてゆつくり崩る

教会を身ぬちに建てむ遙かなる薄明光線照らすは何処

四旬節の弥生の日々は刻々と迫り来る禍に心奪はれ

雪はひと日しづかに降りて人を消し道を隠して地上をおほふ

雪を負ふ桜(はな)いたましと見しは昨夜(きぞ)あたたかき今日明るく咲けり

雪解けの水にいきほふ源流の際にたたずむ生き物われは

みづみづと雨後の日差しに映えて咲くうすべにの花ことしさはなる

移り住みて瞬くうちに五年経ぬコロナ禍の春みどり眼に沁む

ことしあふ樹々の芽吹きに囲まれて老いゆくこともまたあたらしき

死ぬまでにマスク何枚要るだらう此の遊星のヒト死ぬまでに

私(し)を離れ祈るほかなし祈るとは聖なる言(ことば)こゑにすること

水面に生(あ)れ継ぐ光果てもなしエヴァンゲリストのことばのやうに

「死は虚無」と言ふ慎太郎辞世句を記す石碑を建てたしと言ふ

「死は永遠の始まり」と言ふ曽野綾子まよへる吾を常に導く

大いなる歌びと天に召されたり武蔵野の空銀雲に充つ

湿りゐる夕靄の野辺あゆみつつ美しかりし雨を想へり

淡々と季節はめぐる大切な人々死にて我らも老いて

赤地に白く鳥獣保護区と記さるるプレート見ゆる森の樹蔭に

暑き陽の射す池の面にひつそりと遅れて生（あ）れし雛三羽浮く

餌を探す親鳥いづこ人々はスマホ片手に雛を見てゐる

逸早く寄り来る雛に餌を与ふ頑張れる子を親鳥は選る

六十九歳運転免許を返納す日本の道は走らざりしを

雪道でスキッドせしは在外の十年間の恐怖の一瞬

「どうしたの？　おつこつちやつたの？」三歳の吾子は幾度も吾に尋ねき

反転し畑に落ちし感覚は四十年経てなほも鮮やか

子がひとりゐたからわたしがんばれた家族アルバム繰りつつ想ふ

青春は身を飾らせて生きし時うつしゑに遇ふ粧(よそほ)ふ笑顔

壮年は身を刻みつつ生きし時やまひ負ふほど我を忘れて

凛として生きむと選りしか黒き服つねに何かと戦ひてゐき

強い色もう似合はない　朧なる白髪交じりの顔なつかしき

ゆるらかに家事にいそしむ昼下がり眼鏡を掛けて汚れを拭ふ

米国のカオスを知りてにつぽんに老後を暮らせる恵を想ふ

詠ひをへ眺むる夜空繊月のいくつも見ゆるわれの幻実

淡墨の桜のいろの慕はしさ年ふりてこそひらく花あれ

Ⅲ

鈍き痛みに気づきしは彼の春の宵胃の左から背中へかけて

痛みなき日々の続けばしばらくはおもひわづらふことなかりしを

微かなる然れどしつこき痛みあり胃か膵臓かさまざま案ず

膵臓ならば勝負は早し七十年この世に生き得しことを感謝す

つくづくと生きてゆくのはしんどいと体調不良を覚えし昨夏

二回目のワクチン接種終へし日に消化器内科の予約を入れつ

胃カメラは眠りのうちに撮られたり医師の声のみ遠くに聞こえ

逆流性食道炎と告げられて漢方薬など処方されにき

世の中はオリンピックの空騒ぎ感染爆発無視する人等

胃痛とは異なる痛み増しくれば膵臓のＣＴ検査受けたり

肝臓とリンパ節にも転移あり手術不適応と診断下る

余命あと三ヶ月から半年と医師は淡々と明確に告ぐ

この体労はることを怠りぬその報いなれ間なく終はらむ

身の程を知らず頑張り過ぎてきたもうじゅうぶんといふことだらう

〈出来事は神の聖言(みことば)〉然れば其をこころ澄まして聴き取らむとす

出来事こそ神の聖言。キリストのことばは常に無言のことば

胆管がんに倒れし母の死への日々おだやかなりし百日なりき

チャペルある教会通りのホスピスに吾が終焉の時過ごさむか

懐かしき教会通り縕袍着た井伏鱒二を幾たびか見き

黒マントの徳川夢声の散歩道青梅街道春木屋辺り

いま一度春木屋ラーメン食べたきに叶はねば舌に思ひいだせり

細りゆく我が身なりけり身の丈は三センチほど小さくなりて

セカンドオピニオンを得て帰り来し夫に治療方針任す

吾のみの命にあらず然らば此の体ひとつを君に預けむ

ホスピスに直行するは取り止めて化学療法受けむと決す

吾が死なば悲しむ家族ふたり在り三人家族のために励まむ

半年とふ期限のあれば何事も耐へられるだらう命惜しまむ

あと半年生きる努力を。わたくしに与へられたる終のミッション

三人のための半年　三人で共に優しき時間過ごさむ

夫と娘がわが死後のこと語り合ふ不思議な光景なぜか安らぐ

職を辞し家事一切を引き受けて吾を世話する夫ありがたし

「にんじんの賽の目切りつてどうやるの」科学者なりし夫が問ひくる

にんじんとキャベツとポテトのスープ載る吾が食卓は滋味豊かなり

わたしからあなたへ贈る薔薇のブーケたくさんたくさん感謝を込めて

週末にぬひぐるみ連れて訪ひきたるひとり娘のこころ嬉しも

七十と四十三なるははむすめ垂れ耳ウサギといつしよにあそぶ

この上なき恵なりしよ此れの世にひとり娘を吾ら給はりき

ニューオータニに行きしは昨夏コロナ禍の巨大ホテルは異様なる景

上智タワーの最上階より眺めたる迎賓館の森うつくしき

かへりみれば彼の夏の日が終なりきブティック・ロッサへ洋服買ひに

何事も終はりがありて人は皆終はりを重ね季節を過ごす

富士見つつ洗濯物を干すといふ私ひとりの幸せありき

買ひ貯めしロッサの服を日替はりに着て通院す心身やすし

カシミヤとシルクの衣類こころよし病ひ持つ身に殊更やさし

神はわれに至福の時をたまはりぬ吉祥寺の家に優しき夫と

病ひ得てお皿一枚洗はない姫君となる騎士に仕へられ

膵がんは癌の王様然れどわが愛しの騎士は私を護る

天国のことを語ればわが夫と吾との間(あひ)に天国生まる

死ぬまでに聴いておきたいＣＤを数枚ネット通販にて買ふ

闇に聴く聖書朗読果ても無しデヴィッド・スーシェの気魄漲る

《アヴェ・マリア》三十三曲聴き継ぎてけふの吾が身の平安を得る

パールマンもヨーヨー・マも元気過ぎる死にゆく吾に疎ましき楽

《音楽の捧げもの》聴き眠りゆくこのまま永く眠つてゐたい

吾がゐない世を想像す人々も街も自然も輝きて視ゆ

入院の持ち物揃へ荷造りす旅に出るごと活き活きとして

これからの闘病生活如何ならむ思ひ切るため髪切りに行く

何十年振りかのショートヘアなり子どもの頃の顔と重なる

古希の記念そして遺影を撮るために天鵞絨のスーツ初めて纏ふ

襟元に君が和光で有り金を叩いて買ひしブローチ添へて

ほほゑみて目は見開きて朗らかにわたくしらしい写真遺さむ

秋晴れの文化の日なり内視鏡下穿刺検査を明日に控へて

陽の当たらない場所が在るから美しい朝日に光る武蔵野の街

杏林（きやうりん）大学医学部付属病院の個室病棟心地よし行き届きたるホスピタリティ

こんなにも私のまはりやさしさにつつまれてゐた　秋の日しづか

ロザリオの祈り一環唱へ終へ静けき夜の闇に吾が居り

風立ちて一斉に散るもみぢ葉の乱舞の中を夫と歩めり

来年のことは何にも話さない　今この時を生きてゐるから

見上ぐれば欅もみぢを風濯ぐその風音をひたに聴きをり

数十羽緋鳥鴨見ゆ七井橋井の頭公園錦秋迎へ

はるかなる北の国より渡り来てこの地に冬を生きる鳥たち

こんなにもうつくしい秋に生きてゐるこれが最後の秋になるのか

若かつた私の歌ふ《ヴォカリーズ》聴けば不思議と癒されてゆく

膵がんの医師は吾が顔ひたと見てこれからのこと説き明かしたり

目標はなるべく普通に生きること限りはあれど限りのあれば

薬疹が体を覆ふまた一つ鎮痛剤が使へなくなる

ドクターは「麻薬を使ひませう」と告ぐ選択の余地がもうないらしい

薬局の人は麻薬を渡しつつ「ホスピスのことお考へですか」

処方されし麻薬一錠手の届く所に置けば心穏しも

なにをしてもすぐねむくなるなにもかんがへられなくなるほどだるい

それにしても、なんといふ気持ち良さ。痛みが消えて微睡んでゐる

たくさんの食べ物持参で訪れる姉は健康そのものなれば

死ぬ前に形見分けのルビーを贈る喜ぶ姉のかほを見たくて

ロブションのムースはいかがと言はれても健常者のその食欲こはい

買ひ呉れしピンクベージュのコーディガン姉なればわが好み知りたり

会ひたい人とはもうじゆうぶんにあつたから残りの日々はしづかに暮らす

「機嫌の良い今日の貴女は合格だ」もつともちかい自分が然う言ふ

いかづちは病室の壁を照らしたりわが相貌は如何にかあらむ

雷鳴は癌病棟に響(とよ)みたりひたすらに聴くグレゴリオ聖歌

真夜に食むウェファースひとつホスティアのたふとき味を不意に想へり

〈ミヤノヒロコ膵臓がん〉と記載あり。ああ、然うなんだと沁み沁み想ふ

ネットにて「癌」と「がん」との相違など説き明かしたるドクターも居て

膵がんは癌の王様　膵がんは癌の王様　癌の王様

わが裡を侵しゆく王を敵として果敢に挑む士（もののふ）たちは

朝明けて鳥の囀りのやうに聞く看護師たちの話しあふ声

嫌な顔ひとつ見せずに仕事する看護師たちは天の御使

副作用の痛苦過ぎれば癌細胞「吾は此処なり」とささやき始む

抗がん剤治療を中止することに決めれば吾が身がホッとしてゐる

金星と三日月きれい夫が言ふイスタンブールに行かなかつたね

終はりまでなるべく家で過ごしたい私の一番好きなリビング

理想的な終末ケアを見つけたり自分の死に場所自分で決める

夫の体重わたしと共に減つてゆくストレスの所為大事にしてね

吾がために衰ふるなかれ吾よりもずつと元気で良い老いの日を

役目終へ朽ちてゆく薔薇ていねいに燃やす塵とし葬るべきを

君の行く道の辺に咲く向日葵となりて生きたし幾たびの夏

君ひとり遺し死にゆく悲しみを想へば泣かゆ未明に覚めて

棺に入れてほしい聖書は黒革の文語訳舊新約聖書

道連れにしてもいいのはこの子たち縫ひぐるみのクマぎゆつとハグする

アッシジの旅に求めしロザリオも吾の棺にふさはしからむ

自選歌集『めぐりあふ時』一冊を旅立ちの日に持たせて欲しい

春日井建師の視し〈黒峠〉いづ方か吾も越えむか地図になき場所

キリストは斯かる最期を吾（あ）に賜ふ然らば冴え冴えと従はむ

ジョットの真青　天上の青　永遠の吾が憧れよ　もうすぐあへる

まりちゃん、まりちゃん！　たつたひとりの愛しい子　パパをよろしく　良い人生を

けんさん、けんさん！　わたしの良人　愛してる　君を想へば涙あふるる

あとがきにかえて

妻　徳高博子はこれまでに第一歌集『革命暦』をはじめ、『ローリエの樹下に』『ヴォカリーズ』『わが唯一の望み』の四冊の歌集を出版し、さらに二〇二〇年三月には自選歌集『めぐりあふ時』を纏めました。本著の『ジョットの真青』は第五歌集として構想したものですが、収録作品二六五首の中の百首は自選歌集『めぐりあふ時』に既に収められています。その後、結社誌「未来」に掲載された歌と、昨秋に膵臓がんと分かってから二ヶ月ほどの間に詠んだ歌を書き加えて完成に至りました。しかし、精神を集中させることが困難になりつつある今、私が代わって「あとがきにかえて」を書くことになりました。

七十歳を過ぎればもはや若いとは言えませんが、それでも平均寿命に十数年足りない不公平感は残ります。ただ、本人はそのような不公平感を持っていません。懸命に走り続けたので、早めにゴールに着いてしまった。

かの葉月出逢ひしわれらたとふれば弓手と馬手の必然として　『革命暦』

博子の生涯を一言で言えば、出会って半月もせずに求婚され「はい」と言う「思い切りのよさ」でしょうか。あるいは「ひたむきさ」と言うべきか。結婚したての時に私はこのように宣言されました。「私はいままで親にも呼び捨てにされたことはない。私を呼ぶ時は博子さんと言ってほしい。『おまえ』ではなく『あなた』と呼んで欲しい。」この約束は、守られています。

このような博子の性格を見事に言い当てたエピソードがあります。二〇〇〇年、博子は短歌研究新人賞に応募し、前出の一首を含む「革命暦」三〇首が候補作に選ばれました。そして最終選考で塚本邦雄に一位に推されました。九月号の「短歌研究」に選考過程や選者の感想が載ったのですが、博子の応募作に塚本邦雄が短評を書いています。「新人賞作品ではめったに遭遇することのない凛としたますらを振りが貴重である。」さすがにその道の第一人者の表現は違うと感心しました。「ますらを振り」、まさにそうなのです。

昨年夏頃から体の不調を感じ、近くの医院で胃カメラの検査などをした挙句、膵臓がんを疑いCTスキャンを受けました。診断は、長くても余命半年。本人の受けた衝撃は想像に余りますが、その後の闘病生活でもますらを振りを発揮し、病状の進行に従って自分が入るべき病院を決め、受けるべき手当を決め、身の不運を嘆いたり、弱音をはいたりしたことは一切ありません。これに対して、私の受けた衝撃は自分中心的なものでした。このままでは、博子のことを何も知らないまま余生を送らなくてはならない。真っ暗な穴の入り口が刻々迫ってくる恐怖に襲われました。私が先に逝くと決め込んでいた時には、博子の中に私の知らないページがあることは全く気になりませんでした。むしろ、一人になっても自由にページを書き足すだろう。居なくなった私がそれを気にするまでもない。しかし逆の立場になると、私はほとんどのページを知らないままになる可能性を恐れました。

人はなぜ書くか。いろいろな人が論じています。悲嘆に暮れてなす術もなく、胸が押しつぶされる状況に陥った時、書くということによってその過酷な状況をいわば整理・客観視でき、心のジタバタから救済されるということを、私自身この間はっきりと認識しました。そして、おそらく同じような作用が博子にもあるに違いないと直感しました。私は、書くことを既に宣言しながらペンディングになっていた『ジョットの真青』の完成を勧めました。初めは、気乗りしない様子でしたが、やがて、その最終的輪郭が見えるところまで積極的に作業を進める気になりました。この歌集はこのようにして日の目を見ました。そしてその過程で、私は今まで知らなかった多くのページを読むことができました。「これが最終稿」と告げ私に原稿を託した時、「短歌をやっていてよかった」と漏らした一言が私の救済です。

博子は五年ほど前にカトリックに入信し、国内外の聖地巡礼にも参加したり、聖書講座を聴いて、聖書に書かれていることの本当の意味は最初に戻らないと解らないと言って、ギリシャ語やヘブライ語を勉強し始めたりしたほどでした。有名な「山上の垂訓」の一節「心の貧しい人々は、幸いである」（新共同訳）は、ギリシャ語本来の意味に立ち返って、「頼りなく、望みなく、心細い人は幸せだ」（山浦玄嗣訳）と訳す方が相応しいと常日頃私に講釈してきた博子に問うたことがあります。「天国はどこにあるの？」聖書には何と書いてあるのか訊いたつもりだったのですが、答えは意外かつ腑に落ちるものでした。博子は、天国は人と人の交わりの中に存在するものだと説明してくれたのです。人と人が良い関係を保ちお互いに幸せな状態にあるのが天国なのだから、自分が死んでも、その天国は相手の心の中に幸せな思い出として末永く存在するというのです。

博子の天国は、約束されています。

*

本書の出版は前作『めぐりあふ時』と同じふらんす堂にお願いしました。突然思い立って急き立てるようなお願いに対して快く対応していただきました山岡喜美子代表に深く感謝いたします。また、要求があれこれ揺れ動く中で編集作業をしていただいた横尾文己様にはお手数をおかけしました。装丁は前作と同じ君嶋真理子様にお願いしました。控えめだけれども力強い意志を感じさせる、手に馴染む出来上がり、ありがとうございました。

二〇二二年春まだ来らず

宮野健次郎

著者略歴

徳高博子（とくたか・ひろこ）

一九五一年　八月二六日　東京都渋谷区に生まれる

洗礼名　マリア・ディ・ローザ　宮野博子

連絡先　〒一八〇－〇〇〇三　東京都武蔵野市吉祥寺南町三－一七－一〇

宮野健次郎

歌集　ジョットの真青（まさお）

二〇二二年三月一日　初版発行

著　者――徳 高 博 子

発行人――山岡喜美子

発行所――ふらんす堂

〒182-0002 東京都調布市仙川町一―一五―三八―二F

電　話――〇三（三三二六）九〇六一　FAX〇三（三三二六）六九一九

ホームページ http://furansudo.com/　E-mail info@furansudo.com

振　替――〇〇一七〇―一―一八四一七三

装　幀――君嶋真理子

印刷所――日本ハイコム㈱

製本所――㈱松 岳 社

定　価――本体二六〇〇円＋税

ISBN978-4-7814-1439-3 C0092 ¥2600E